陳秀枝台華英日韓五語童詩選

走揣心內的聲音

台語音檔

## 閱讀陳秀枝老師 11 首兒童詩作品　　　　/ 蔡榮勇

詩人陳秀枝，長期努力致力兒童文學，從教職退休了，仍然保持一顆純真的詩心，好像永恆的海洋（sea timeless）從不停止，英國兒童文學作家麥克爾‧羅森（Michael Rosen）說：「Poetry can change the world we see into something new.」詩歌可以讓我們看到的世界變成新的事物。詩跟音樂一樣可以拯救人心，激發熱情。南韓詩人金南權說：「詩是語言的最高城堡，閃亮新穎的觀察。」

閱讀陳秀枝老師 11 首作品，其中 6 首跟植物有關，可見作者平時用心觀察植物，貼上自己獨特的想像力。〈**向下開的花**〉這首詩，她觀察到櫻花開花的特性，「美麗的櫻花很謙虛 / 低頭向下說話」，給了櫻花新鮮的觀察。〈**校園裡的樹**〉，她發現了新的視覺，「校園裡種了很多樹　演出很多默劇」。

〈**蟬螂**〉，把蟬螂比喻為魔術師、鬥牛士，讓家人演出一齣即時戲劇。

蟑螂

是個魔術師

牠一出現

就把媽媽變成小孩

哇　哇叫個不停


蟑螂是個鬥牛士

牠一閃躲

就把爸爸惹出火來

〈**小狗散步**〉，寫出看門狗、布偶狗的心情，此乃作者愛心的蜜汁。

小狗對著「看門狗」汪汪幾聲

叫他：找個輪班的

不要一整天都不能玩耍

走揣心內的聲音

> 小狗對著「看門狗」汪汪幾聲
> 叫他：不要懶惰　出來散步
> 我們去草地上追逐
> 我們去花園裡捉迷藏

　　感謝陳秀枝老師的厚愛，讓我成為第一個讀者，祝福她出版成功，好像萬紫千紅的九重葛一樣，吸引眾多蜜蜂似的眼睛。

　　最後希望大讀者和小讀者，都能找到詩的魔術棒，也能提筆嘗試寫詩的熱情！及時跳進詩的魔術袋裡。

寫於龜背芋書房 2024.03.08

# 丁鳳珍教授推薦序

/ 丁鳳珍

　　詩人『袖子』陳秀枝老師是一位跤踏台灣塗 ê 詩人，因為土地 ê 聲嗽、台灣話 ê melody 不時浮 tiàm 詩人創作 ê 腦海，為 beh 精進台語文 ê 才調，秀枝老師佇 2021 年 11 月到 12 月中間，開 4 禮拜 ê 拜一暗時 6 點到 9 點，專工按南投來國立台中教育大學台灣語文學系參加鳳珍開課 ê「台語羅馬字入門研習班（第 2 班）」，骨力拚勢學台語羅馬字 ê 秀枝老師，予鳳珍誠感動 kap 歡喜。

　　因為有純真 ê 目睭、清氣 ê 心靈 kap 心適 ê 觀察，秀枝老師寫 ê 囡仔詩可愛 koh 嬌氣，大人來讀轉青春，囡仔來讀心清明。這本囡仔詩集有多語翻譯版本，m̄-nā 有台語、華語、日語、英語 koh 有韓國話，ē-tàng 予讀者體驗無 kâng 語言 ê 韻律 kap 趣味，開拓讀者 ê 眼界。

　　因為秀枝老師 ê 用心，相信掀開這本詩集 ê 你，定著會食著幸福 ê 滋味。

## 天使遺落人間的歌聲

/ 陳敬介

　　童詩在我心目中，是可遇而不可求的詩，當然，繆思降臨，也是可遇而不可求的，不只是童詩如此，只是，童詩冠了一個「童」字，似乎應該是兒童所寫的詩才可稱為童詩，然而，兒童的語文能力有限，如何能成詩？而所成之「詩」，能稱得上佳作的畢竟是鳳毛麟角。

　　如果是成年人寫童詩呢？又怕成人嗷嗷學童語，顯得彆扭做作，因為孩童語言的本質是原初的、純粹的，甚至帶有些微天機式的召喚與智慧，看似單純的語言，有時卻充滿詩意，充滿意在言外的別趣。故而童詩難寫，佳作難求。岩上在《走入童詩的世界》中曾說：

　　兒童詩創作是從生活化的題材開始，去認識自己和生活中周遭的事物，與自己的關聯性；那是物與我，我與生活共同存在的意義。這是詩延伸之意涵，比之單純的詩的美感技藝的傳授更為重要。

這的確是兒童詩創作及其教育意義、美學欣賞的重要條件。袖子也曾說：

一般人生活中蘊藏的智慧，親像土地會出泉，泉水源泉袂斷，一直生湠。若是囡仔生活中的對話、聯想，攏是 in 清澈的心靈的呈現，是真寶貴的資產。

因此，重新發現和激發兒童時期對現實生活世界的驚奇感，即是一種心態的逆溯與回歸，袖子善於從生活這塊沃土挖掘清澈的源泉，也因其長期與中小學兒童教學互動，她對周遭事物的觀察與描繪，往往以單純的白描簡單勾勒，而不濃烈的堆疊表現技巧，她的詩語言與思想很自然地呈現出天機童趣，兼具言外之意。如〈焦蔫的葉仔〉：

恬恬思考：茂盛佮焦蔫
生命的樂章　欲按怎譜曲？

便注意到在茂盛美麗的蓮葉中，也有焦蔫的葉仔，世間萬物乃至人的生命歷程，往往是榮枯與禍福相伴的，道理深遠，卻要你恬恬思考⋯⋯又如〈樹葉仔佮雲比看誰較媠〉：

> 暗暝 ê 烏布放落來
> 兩个烏 mah-mah　攏相仝

細想不禁令人莞爾與嘆息，樹葉與雲彩爭美，其實大可不必，因為各異其美，而爭勝的結果是等烏布落下，都成了烏 mah-mah 一片，童言童語，卻洩漏了「天機」。此外，〈虼蚻〉一詩，蟑螂是魔術師把媽媽變成小孩，把爸爸惹火，而蟑螂的下場究竟如何？袖子並未言明，只說：

> 所有尖叫聲就被
> 打住
> 所有的緊張
> 一路散　　開

「打住」兩字是否有雙關意涵，讓讀者自己去想像。一首詩創造出讓讀者自己去延伸想像的空間，這是言已盡而意無窮，需要高度的語言技藝與巧思。

本詩集雖只有 11 首童詩，但每首都值得讀者細細玩味，加上有台語、羅馬拼音、華語及英、日、韓語翻譯，更增加不同語言識者的可讀性，我雖非童詩創作者，對於童詩的研究也不深，只有多年前寫過一篇〈論岩上童詩創作及理論——以李贄＜童心說＞為論〉不成熟的文章，但卻也算是童詩的嗜讀者，感謝袖子的邀稿，讓我先睹為快，寫篇讀後心得，向多年來從事童詩寫作與台語推廣教學的袖子老師致敬。

## 讀陳秀枝的 11 首詩

/ 邱若山

「台灣現代詩人協會」的同仁陳秀枝長期以來,用母語台語書寫現代詩與童詩,作為創作的主軸,營造她詩創作的特色。台語書寫長久以來未納入我們教育體系的主要環節,所以在文字的表記、語辭的呈現、以及文學語境的營造上,作者和讀者之間,很難沒有隔閡。作者苦心經營的詩境,在感染讀者、讓讀者融入這點,常會有些許距離。這種台語詩作的局限或困難,目前還沒被完全地克服或超越。

這裡的詩作群 11 首,用台語、台羅拼音、台灣華語、日語、英語和韓語等五語並陳的方式呈現。據言作者原先以華語創作,日本詩人保坂登志子譯成日文登載於日本詩誌,作者再改寫成台語,加上英譯和韓譯。讀起來還是有語境的些微落差,這是極為自然的事。台語詩的表記有一些罕用字,對於平時較少用台語文閱讀的讀者,或有卡卡的感覺,不過五語的詩句並讀,可以有多層玩味體會詩境的可能性。

陳秀枝的詩作,素樸單純的文字用語,是最大的特色。

這 11 首詩作群以植物（樹、花、葉）、小動物（蜜蜂、蝴蝶、蟑螂、青蛙、小狗）、大自然（雲、夕陽）做為主題，獨描或交融。自然的主題、兒童的視點，童心童言童語、孩童直覺的觀察和心思，在詩裡俯拾皆是，是這個詩作群最有味之處。能夠做到如此詩境的清楚捕捉與描繪，或許跟作者長時間擔任小學教師，與長存赤子之心有很大的關係。當然，詩句裡仍有成人的人生觀照或感慨（枯葉、染）在內，但和兒童的視點仍是連動的。

品讀賞味陳秀枝的詩，我享受了她的詩境的美好，希望讀者也相同。

## 台日詩人共織兒童詩文學

/ 蔡秀菊

　　筆名袖子的詩人陳秀枝，是一位勤勉好學的教育工作者，也是一位誠懇筆耕的詩人。她在語文教學領域發揮無比的耐心與毅力，從國小教師到轉任國中國文教師，不僅教學認真，更常利用例假日和寒暑假，開設研習課程，引導學生閱讀及提升學生的寫作能力，三十餘年累積的兒童文學教育成績斐然。近年來教育部致力於推廣國中小的母語教學，袖子詩人更身先士卒，除了教導學生台語朗讀、演講比賽外，更投入台語詩文學創作，2020 年出版台語詩集《轉幹拄著詩》。

　　為了讓台灣詩人作品國際化，袖子特別挑選由保坂登志子翻譯，刊載於日本兒童詩誌『こだま』（《回聲》）的十一首作品，將華語原作改寫成台語並加註台羅拼音，另外邀請其他譯者翻譯成韓語、英語，出版《走揣心內的聲音——台華英日韓五語童詩選》五語詩集。

　　『こだま』創刊於 1992 年 8 月，為春秋發行的半年刊兒童詩誌，由保坂登志子擔任編輯與發行，2018 年 11 月 53 号

停刊，歷時 26 年半，保坂登志子譯介許多台灣詩人作品，袖子是其中之一。

保坂登志子與台灣詩人的結緣，背後的重要推手即是已故詩人陳千武。「1988 亞洲詩人會議」在台中召開（1988.1.15-1.17），保坂登志子初識陳千武先生。當時陳千武問保坂登志子「妳的生涯志業為何是唐代女詩人研究呢？詩人為小孩們的健壯的未來傾注全能量是很重要的事。」保坂登志子一時無法領悟陳千武的語意。因為她從大學時代持續研究晚唐女詩人魚玄機、中唐女詩人薛濤，預備日後將唐朝女詩人研究做為終生志業。

大會結束之後，陳千武寄贈台灣的兒童詩集、少年詩集給保坂登志子，逐漸點燃她對翻譯台灣詩人作品的興趣，再加上陳千武的耐心指導與鼓勵，保坂登志子的文學重心開始轉向兒童詩創作、翻譯與詩誌發行。由此可見，前輩一席話，足以翻轉他人的一生。

袖子出版以保坂登志子翻譯為主幹的五語詩集，道出一段台日詩人共織兒童詩文學的美談。

翻閱這十餘首童詩後，看到袖子仔細觀察學生的心思，他們對大自然、動植物生態，比成人更細微，諸如雲彩和樹葉會比賽誰比較美、雲會跟夕陽玩耍、會同情店家門口的看門狗不能玩耍⋯⋯等，希望大家來讀讀看，或許有不同的體會。

## 阮佇囡仔身邊，找揣 in ê kua 詩

/ 陳秀枝

　　我自民國七十幾年師專畢業，就佮囡仔做伙，是第一線的教育工作人員，除了上一般的學校課程，額外，語文閱讀寫作的推廣，嘛是佇第一線親身去引 tshuā 囡仔讀冊創作。到八十幾年的時，我已經轉換到國中教冊，教育部推 sak 閩南語文，要求學校愛 tshuā 學生去 tsham 加閩南語的朗讀、演講比賽。自彼時開始，我那研究那寫作，共囡仔的心聲，身邊的歌詩紀錄落來。

　　我捌聽施炳華教授講，外國的文學家但丁捌講，咱一般庶民咧講的俗話，是上高貴的。規欉好好無剉，無毋著。一般人生活中蘊藏的智慧，親像土地會出泉，泉水源泉袂斷，一直生湠。若是囡仔生活中的對話、聯想，攏是 in 清澈的心靈的呈現，是真寶貴的資產。我雖罔佇國中咧教國文，毋過，我利用歇寒歇熱、拜六禮拜的放假日，佇南投縣各學校機關，引 tshuā 學生閱讀佮寫作。我真愛陪學生做伙讀冊做伙討論，學生囡仔的頭殼內的創意，定定予我真驚奇。

彼時，我一寡用華語寫的兒童詩刊佇《滿天星》兒童文學雜誌，佇亞洲兒童文學交流中，拄到保坂登志子，伊認真共台灣詩人的作品翻譯做日文，刊佇日文的雜誌《回聲》頂面。我真感激伊，共我的兒童詩翻作日文，予日本的兒童讀著這寡詩，看著台灣的世界生做按怎？我嘛捌 tsham 趙天儀、邱若山兩位教授參加過亞洲兒童文學會議幾仔擺，有佮保坂前輩做伙討論囡仔詩的話題。目前，伊年歲較濟，無方便出門，我想講共伊幫阮翻譯做日文的作品揣出來，閣邀請人翻譯做韓語、英語，我家己共華語翻做台語，閣加臺羅拼音，來感謝保坂登志子前輩，嘛予兒童文學界、台文界加一寡跤跡，予學生囡仔加一寡文學作品通閱讀。

　　若是閣較詳細來紹介這本詩選內底的詩，有關植物的有〈焦蔫的葉仔〉、〈向向下跤開的花蕊〉、〈校園內的樹仔〉、〈寒人的紅葉〉；描寫生活中的活動，有：〈染〉、〈樹葉仔佮雲比看誰較媠〉、〈雲佮夕陽耍〉、〈快樂農場掠尾蝶仔〉；其他的有〈乞虫〉、〈狗仔囝散步〉、〈等待〉等。

窮實，這寡詩的內容，攏是學生囡仔，佇學校和家庭的日常生活，強在出現的，我有斟酌觀察著的。我定定去國中國小 tshuā 活動，共家己當做囡仔，感受囡仔的感覺。所致，發覺有的學生親像焦蔫的葉仔，對環境抑是家己的表現無滿意的，伊袂干焦一直怨嘆；校園內的樹仔，姿勢百百款，若共比喻做人，有的若親像跳舞、演講咧，愈看愈趣味，心情就攏齊輕鬆；樹葉仔佮雲比看誰較嬌，這嘛愛足細膩的囡仔，才會注目著樹葉仔色水真濟樣、真嬌，雲霞嘛相仝。毋過，兩項攏愛有光來相伨，若無光來照，兩項攏烏 mah mah，一點兒都無嬌！

……

我原本是教育人員，這馬嘛猶有咧兼台語課，真歡喜共十一首的華語詩作，用台語、日語、英語和韓語來呈現，向望有較濟的人來讀這本冊，較濟人來認捌囡仔詩、創作台文囡仔詩。（想欲共這本冊做了較活跳咧，有邀請專業的畫插圖，想欲予冊看起來較輕鬆、較心適咧！）

## 序

| | | |
|---|---|---|
| 閱讀陳秀枝老師 11 首兒童詩作品 | /蔡榮勇 | 2 |
| 丁鳳珍教授推薦序 | /丁鳳珍 | 5 |
| 天使遺落人間的歌聲 | /陳敬介 | 6 |
| 讀陳秀枝的 11 首詩 | /邱若山 | 10 |
| 台日詩人共織兒童詩文學 | /蔡秀菊 | 12 |
| 阮佇囡仔身邊，找揣 in ê kua 詩 | /陳秀枝 | 15 |

## 童詩選

### 01 台語版

| | |
|---|---|
| 焦蔫的葉仔 | 22 |
| 向向下跤開的花蕊 | 24 |
| 染 | 26 |
| 等待 | 28 |
| 校園內 ê 樹仔 | 30 |
| 樹葉仔佮雲比看誰較媠 | 32 |
| 雲佮夕陽耍 | 34 |
| 虼蚻 | 36 |
| 快樂農場內掠尾蝶仔 | 38 |
| 寒人的紅葉 | 40 |
| 狗仔囝散步 | 42 |

### 02 台羅拼音版

| | |
|---|---|
| Ta-lian ê hióh-á | 46 |
| Ànn-hiòng ē-kha khui ê hue-luí | 47 |
| Ní | 49 |
| Tán-thāi | 51 |
| Hāu-hn̂g-lāi ê tshiū-á | 52 |
| Tshiū-hióh-á kah hûn pí khuànn tsiâ khah suí | 53 |
| Hûn kah si̍k-iông sńg | 54 |
| Ka-tsuáh | 56 |
| Khuài-lo̍k lông tiûnn-lāi lia̍h bué-ia̍h-á | 57 |
| Kuânn-lâng ê Âng-hio̍h | 58 |
| Káu-á-kiánn sàn-pōo | 59 |

## 03 華語版

| | |
|---|---|
| 枯葉 | 64 |
| 向下開的花 | 65 |
| 染 | 67 |
| 等待 | 69 |
| 校園裡的樹 | 70 |
| 樹葉跟雲彩比美 | 72 |
| 雲和夕陽玩遊戲 | 73 |
| 蟑螂 | 74 |
| 快樂農場裡抓蝴蝶 | 75 |
| 冬天裡的紅葉 | 76 |
| 小狗散步 | 77 |

## 04 英語版

| | |
|---|---|
| Autumn Leaves | 82 |
| Bowing Flowers | 83 |
| Dye | 85 |
| The Wait | 87 |
| Campus Trees | 88 |
| Beauty Rivalry—Leaves and Clouds | 90 |
| Clouds and Sunset at Play | 91 |
| "Mr. Cockroach" | 92 |
| Catching Butterflies in the Happy Farm | 93 |
| Red Leaves in Winter | 94 |
| Puppy's Walk | 95 |

## 05 日語版

| | |
|---|---|
| 枯葉 | 100 |
| 下を向いて咲く花 | 101 |
| 染める | 103 |
| 待つ | 105 |
| 校庭の樹 | 106 |
| 樹の葉と雲の美しさ比べ | 108 |
| 雲と夕陽が遊ぶ | 110 |
| ゴキブリ | 112 |
| 楽しい農場で蝶を抓む | 114 |
| 冬の紅葉 | 115 |
| 小犬の散歩 | 116 |

## 06 韓語版

| | |
|---|---|
| 가랑잎 | 120 |
| 아래로 피는 꽃 | 121 |
| 염 색 | 123 |
| 기다림 | 125 |
| 교정의 나무 | 126 |
| 자기가 더 예쁘다는 나뭇잎과 구름 | 128 |
| 구름과 석양의 장난 | 129 |
| 바퀴벌레 | 130 |
| 해피 농장에서 나비 잡기 | 132 |
| 겨울의 단풍 | 133 |
| 강아지 산책 | 134 |

# 01 ｜台語版

走揣心內的聲音

# 陳秀枝五語童詩選

## 作者介紹

**陳秀枝**

筆名袖子。

平日畫圖、寫作,兼用台語講故事。

出版五本兒童文學著作(三本童詩、兩本童話故事與少年小說集)、三本臺語詩集、一本繪本(撰文者)。曾任台灣兒童文學學會理事長、嘉義大學空大面授講師。參加淡水國際詩歌節、台日韓詩歌交流、亞洲兒童文學會議、彰化縣建縣三百年詩歌節朗讀自己的詩作、擔任彰化縣國小學生創作兒童詩評審、2023 年南投縣母語燎原計畫的講師。現為台文戰線會員、高中台語教師、台灣現代詩人協會與投緣畫會理事、彰化台語教育研究學會候補理事。擔任南投台語講古會召集人,和會員輪流在南投縣總圖用台語為孩子講繪本。

走揣心內的聲音

台語版

## 焦蔫的葉仔

蓮花池內底

一蕊一蕊的蓮花

一領一領飛懸懸咧跳舞的裙

這角勢　彼角勢

綴音樂咧搖來搖去


佇一个暗毿的角勢　一葉焦葉

雖罔焦蔫　毋過伊無咧吼

恬恬思考：茂盛佮焦蔫

生命的樂章　欲按怎譜曲？


---

**焦蔫**：枯萎

**角勢**：角落

**暗毿**：陰森森

## 向向下跤開的花蕊

老師講：

真婧的櫻花誠謙虛

頭 lê lê 向向下跤講話

若親像面對逐家共伊的呵咾

真客氣咧講：

見笑囉！見笑囉！

台語版

阿母講：

真媠的梅花驚見笑

頕頭向向下跤　文文仔笑

若親像面對逐家相搶 hip 相

真客氣，講：

莫 hip 矣！莫 hip 矣！

小妹講：

毋著！　毋著！

孽 siâu 的花蕊　頕頭

愛佮蜂耍

袂輸講：來呀來呀

來共我掠

佇邊仔的風　看袂做哩

輕輕仔共蜂揬一下

輕輕搣一寡花粉抲落來

---

孽 siâu：調皮

揬一下：推一下。揬，音 tu

搣：音 me/mi。用手抓

抲落來：撒下來。抲，音 iā

## 染

天然的

上簡單　嘛是上困難

細漢 ê 時

挽桑椹　挽葡萄

台語版

衫 tòo 甲一跡紅 ê　一跡紫 ê
真正媠

天然的
上簡單　嘛是上困難的

大漢矣
學習用植物來染來黕
大蔥頭　福木染劑天然
足驚染了閣褪色　無夠媠

心肝內
囡仔時的天真
敢有染著真濟社會的歹習慣？

———
桑臍：桑葚

tòo：染、描、暈開的意思。
漢字是黕，音 tòo

走 揣 心 內 的 聲 音

## 等待

阿勃勒的葉仔

予一桶一桶的雨水

拍甲一直 tsùn

等待

好天 ê 時　坐風的噴射機

去摸一下虹咧

水雞覕佇一堀水堀內底咧等待

好天 ê 時　跳去岸頭的草仔坪

「koh-koh-koh」天然的聲音

無予雨聲蓋過

等待「等待」生出翼股

免閣等待

―――
一直 tsùn：一直發抖

覕：躲藏

翼股：翅膀

台語版

## 校園內 ê 樹仔

校園內種真濟樹仔

in 演真濟齣啞口戲

細葉欖仁樹展開兩肢手

若親像講：歡迎逐家光臨

台語版

楊柳仔頕頭

袂輸講：人客你好！人客你好！

椰子樹徛甲真四正

親像阿兵哥保護人民

榕仔摸家己的喙鬚講：

我的歲數較濟矣

先目瞤瞌一下　歇睏一下

校園內ê樹仔

姿勢百百款

逐工演出感動人的戲齣

---

**啞口戲**：默劇。

**四正**：音 sì-tsiànn、原指四方端正、不偏不倚。這裡是指椰子樹站得挺直，不歪不彎曲。

**頕頭**：點頭，音 tàm-thâu。

**目瞤瞌一下**：眼睛閉一下。

**百百款**：千百種。

走揣心內的聲音

台語版

## 樹葉仔佮雲比看誰較嬌

繽紛的雲霞　色水真濟

in 佮樹葉仔比看 誰較嬌？

雲霞五花十色

樹葉仔色水千萬款

兩个　歡喜甲笑吻吻

攏掠做家己較嬌

暗暝 ê 烏布放落來

兩个烏 mah-mah　攏相全

色水：色彩、色澤

五花十色：五顏六色

掠做：認為

烏 mah-mah：黑漆漆

走揣心內的聲音

## 雲佮夕陽耍

peh 起哩

日月潭上懸的慈恩塔

看　夕陽佮雲霧咧耍

台語版

規天頂紅絳絳，若親像柑仔彼款
雲霧飄過來　共日頭罩咧
日頭這粒火球佇雲霧 ê 袋仔內　反來反去
liàn 出去袋仔外　佇邊仔光光
閣有一擺，雲霧罩落來
日頭 he 火球閣一擺佇雲霧 ê 袋仔內　揤奋斗
一擺閣一擺

一直到
日頭佮雲霧攏忝矣
慈恩塔暗時的電火
才佮逐家講暗安

———
**紅絳絳**：紅通通、紅朱朱
**反來反去**：翻來覆去
**liàn 出去**：滾出去
**揤奋斗**：翻筋斗
**電火**：電燈

走揣心內的聲音

## 虼蚻

虼蚻
是一个魔術師
伊一出現

台語版

就共阿母變做囡仔

「Ua-ua」一直吼袂停

虼蚻是一个鬥牛士

伊一下閃避

就予阿爸著火

虼蚻是『休止符』

a——

所有 ki-ki-kiò 的聲音就 hông

擋恬

所有的緊張

就按呢　　　淡出去

---

虼蚻：蟑螂

吼袂停：哭個不停

著火：發火

Hông：予人的合音

淡出去：傳出去

走揣心內的聲音

台語版

# 快樂農場內掠尾蝶仔

闊莽莽的農場

農場內
尾蝶仔佇花欉內　飛來飛去
欶一寡花蜜　抹一寡花粉
快樂農場　真快樂

農場內
大隻野獸逐蝶仔逐蟲豸 四界走
「phah——」
尾蝶仔佮蟲豸攏蹛入去標本箱

快樂農場內底
真快樂　嘛真無快樂

---

闊莽莽：遼闊

欶：吸，音 suh。

蟲豸：昆蟲，音 thâng-thuā。

## 寒人的紅葉

外口　冷風冷 sih-ish
體育課拄上了
規身軀真燒烙
喙顆　燒出一柿一柿的紅葉仔
喙拍開　雲霧一 kong 一 kong 飛出來

逐家看
紅紅的葉仔佇雲霧內跳舞

---

拄上了：剛上完

喙顆：臉頰

一柿的紅葉仔：一葉紅葉。
一柿：計算葉子的量詞。
柿，音 phuè

台語版

## 狗仔団散步

狗仔団散步

看著店的門口有「顧門的狗」

徛佇門口　定定　攏袂振動

有人入去　共講：歡迎光臨

有人出來　共講：多謝光臨

台語版

狗仔囝對「顧門的狗」uan-uan 幾仔聲

叫伊：揣一个來鬥值班

莫規工顧牢牢　袂使耍

狗仔囝四界趖來趖去

看著玻璃櫥內底「布做 ê 狗」

the 佇一堆布尪仔內底　有講有笑

狗仔囝對「布做 ê 狗」uan-uan 幾仔聲

共講：莫貧惰　出來散步

咱來去草仔坪走相逐

咱來去花園耍覕相揣

顧門的狗、布做 ê 狗

恬恬看伊

細細聲講：

阮嘛足想欲佮你去散步

———
規工：整天

顧牢：看守住了

The：躺著，漢字是𤲍。

莫貧惰：不要懶惰

覕相揣：捉迷藏

## 02 ｜ 台羅拼音版

走揣心內的聲音

## 作品介紹

希望大讀者和小讀者，都能找到詩的魔術棒，也能提筆嘗試寫詩的熱情！及時跳進詩的魔術袋裡。

——蔡榮勇

這 11 首詩作群以植物（樹、花、葉）、小動物（蜜蜂、蝴蝶、蟑螂、青蛙、小狗）、大自然（雲、夕陽）做為主題，獨描或交融。自然的主題、兒童的視點，童心童言童語、孩童直覺的觀察和心思，在詩裡俯拾皆是，是這個詩作群最有味之處。

——邱若山

## Ta-lian ê hio̍h-á

Liân-hue-tî lāi-té

Tsit-luí tsit-luí ê liân-hue

Tsit-niá tsit-niá pue kuân-kuân teh thiàu-bú ê kûn

Tsit kak-sì hit kak-sì

Tī àm-sàm tsit-ê kak-sì ê ta hio̍h

Sui-bóng ta-lian m̄-koh i bô teh háu

Tiām-tiām su-khó:ōm sīng kah ta-lian

Sènn-miā ê ga̍k-tsiong beh án-tsuánn phóo khik

台羅拼音版

## Ànn-hiòng ē-kha khui ê hue-luí

Lāu-su kóng:

Tsin suí ê ing-hue tsiânn khiam-hi

Thâu lê-lê ànn-hiòng ē-kha kóng-uē

Ná-tshin-tshiūnn bīn-tuì ta̍k-ke kā i ê o-ló

Tsin kheh-khì teh kóng:

Kiàn-siàu lōo!kiàn-siàu lōo!

A-bú kóng:

Tsin suí ê muî-hue kiann-kiàn-siàu

Tàm-thâu ànn- hiòng ē-kha bûn-bûn-á tshiò

Ná-tshin-tshiūnn bīn-tuì ta̍k-ke sio-tshiúnn hip-siòng

Tsin kheh-khì,kóng:

Mài hip ah!mài hip ah!

Sió-muē kóng:

M̄-tio̍h! m̄-tio̍h!

Gia̍t-siâu ê hue-luí tìm-thâu

走揣心內的聲音

Ài kah phang sńg

Bē-su-kóng:lâi ah lâi ah

Lâi kā guá liah

Tī pinn-á ê hong khuànn bē tsò lī

Khin-khin-á kā hong tu tsit ē

Khin-khin me tsit-kuá hue-hún iā loh-lâi

台羅拼音版

# Ní

Thian-jiân ê

Siōng kán-tan mā-sī siōng khùn-lân

Sè-hàn ê sî

Bán sng tsâi bán phû-tô

Sann tòo kah tsit jiah âng ê tsit jiah tsí ê

Tsin-tsiànn suí

Thian-jiân ê

Siōng kán-tan mā-sī siōng khùn-lân

Tuā-hàn-ah

Ha̍k-si̍p iōng si̍t-bu̍t lâi ní lâi tòo

Tuā-tshang-thâu、hok bo̍k ní-tse thian-jiân

Tsiok kiann ní liáu koh thè sik　bô-kàu suí

Sim-kuann-lāi

Gín-á-sî ê thian-tsin

Kám-ū jiám-tio̍h tsin tsē siā-huē ê pháinn sip-kuàn?

台羅拼音版

## Tán-thāi

A pu̍t li̍k ê hio̍h-á

Hōo tsi̍t tháng tsi̍t tháng ê hōo-tsuí

Phah kah it-ti̍t tsùn


Tán-thāi

Hó-thinn ê sî　tsē hong ê phùn-siā-ki

Khì bong-tsit-ē khīng leh


Tsuí-ke bih tī tsi̍t khut tsuí khut lāi-té leh tán-thāi

Hó-thinn ê sî thiàu khì huānn thâu ê tsháu-á piânn

「Kok kok kok」thian-jiân ê siann-im

Bô hōo hōo-siann khàm- kuè

Tán-thāi「tán-thāi」senn-tshut si̍t-kóo

Biān koh tán-thāi

走揣心內的聲音

## Hāu-hn̂g-lāi ê tshiū-á

Hāu-hn̂g-lāi tsìng tsin tsē tshiū-á
In ián tsin tsē tshut é-káu hì
Sè hio̍h lám-jîn-tshiū thián-khui nn̄g ki tshiú
Nā tshin-tshiūnn-kóng:huan-gîng ta̍k-ke kong-lîm

Iûnn liú á tìm-thâu
Bē-su-kóng:lâng-kheh lí hó!lâng-kheh lí hó
Iā-tsí-tshiū khiā kah tsin sì-tsiànn
Ttshin-tshiūnn a-ping-ko pó-hōo lîn-bîn
Tshîng-á bong ka-kī ê tshuì-tshiu kóng:
Guá ê huè-sòo khah tsē ah
Sing ba̍k-tsiu kheh tsit-ē　hioh-khùn tsit-ē

Hāu-hn̂g-lāi ê tshiū-á
Tsu-sè pah-pah-khuán
Ta̍k-kang ián-tshut kám tōng-lâng ê hì-tshut

台羅拼音版

## Tshiū-hio̍h-á kah hûn pí khuànn tsiâ khah suí

Pin-hun ê hûn hâ sik-tsuí tsin tsē

In kah tshiu-hio̍h-á pí khuànn tsiâ khah suí?

Hûn hâ gōo-hue-tsa̍p-sik

Tshiū-hio̍h-á sik-tsuí tshian-bān khuán

Nn̄g-ê huann-hí kah tshiò-bún-bún

lóng lia̍h-tsò ka-tī khak suì

Àm-mê ê oo pòo pàng lo̍h-lâi

Nn̄g-ê oo mah mah　lóng sio--kāng

## Hûn kah si̍k-iông sńg

Peh khí lī

Ji̍t-gua̍t-thâm siōng kuân ê tsû un thah

Khuànn si̍k-iông kah hûn bū leh sńg

Kui thinn-tíng âng-kòng-kòng,ná-tshin-tshiūnn kam-á hit-khuán

Hûn bū phiau kuè-lâi  kā ji̍t-thâu Tà leh

Ji̍t-thâu tsit lia̍p hué kiû tī hûn bū ê tē-á-lāi píng-lâi-píng-khì

Liàn-tshut-khì tē-á guā  tī pinn-á kng-kng

Koh-ū tsi̍t-pái,hûn bū tà lo̍h-lâi

Ji̍t-thâu he hué kiû koh tsi̍t-pái tī hûn bū ê tē-á-lāi   tshia-pùn-táu

Tsi̍t-pái koh tsi̍t-pái

It-tit kàu

Ji̍t-thâu kah hûn bū lóng thiám-ah

Tsû un thah àm-sî ê tiān-hué

Tsiah kah ta̍k-ke kóng àm-an

台羅拼音版

## Ka-tsuáh

Ka-tsuáh

Sī tsit-ê môo-sút-su

I tsit tshut-hiān

Tō kā a-bú piàn-tsò gín-á

「Ua ua」it-tit háu bē thîng

Ka-tsuáh sī tsit-ê tàu gû sū

I tsit-ē siám-phiah

Tō hōo a-pah tóh-hué

Ka-tsuáh sī 『hiu tsí hû』

A──

Sóo-ū ki-ki-kiò ê siann-im tō hông tòng tiām

Sóo-ū ê kín-tiunn

Tsiū-án-ne thuànn tshut-khì

## Khuài-lo̍k lông tiûnn-lāi lia̍h bué-ia̍h-á

Khuah-bóng-bóng ê lông-tiûnn

Lông tiûnn-lāi
Bué-ia̍h-á tī hue-tsâng lāi pue-lâi-pue-khì
Suh tsit-kuá hue-bi̍t buah tsit-kuá hue-hún
Khuài-lo̍k lông-tiûnn tsin khuài-lo̍k

Lông tiûnn-lāi
Tuā-tsiah iá-siù jiok ia̍h-á jiok thâng-thuā sì-kè tsáu
「Phah————」
Bué-ia̍h-á kah thâng-thuā lóng tuà jip-khì piau-pún siunn

Khuài-lo̍k lông-tiûnn lāi-té
Tsin khuài-lo̍k mā tsin bô khuài-lo̍k

## Kuânn-lâng ê Âng-hio̍h

Guā-kháu líng-hong líng sih sih

Thé-io̍k-khò tú siōng-liáu

Kui-sin-khu tsin sio-lō

Tshuì-phué sio tshut tsit phuè tsit phuè ê âng hio̍h-á

Tshuì phah-khui hûn-bū tsi̍t-khong tsi̍t-khong pue-tshut-lâi


Ta̍k-ke khuànn:

Âng-âng ê hio̍h-á tī hûn bū lāi thiàu-bú

台羅拼音版

## Káu-á-kiánn sàn-pōo

Káu-á-kiánn sàn-pōo

Khuànn-tio̍h tiàm ê mn̂g-kháu ū kòo-mn̂g ê káu

Khiā tī mn̂g-kháu tiānn-tiānn lóng bē tín-tāng

Ū-lâng jip-khì,kā kóng:huan-gîng kong-lîm

Ū -lâng tshut-lâi,kā kóng To-siā kong-lîm

Káu-á-kiánn tuì「kòo-mn̂g ê káu」uan-uan kuí-á siann

Kiò i:tshuē tsit-ê lâi tàu tit-pan

Mài kui-kang kòo-tiâu-tiâu bē-sái sńg


Káu-á-kiánn sì-kè se̍h-lâi-se̍h-khì

Khuànn-tio̍h po-lê-tû lāi-té「pòo tsò ê káu」

The tī tsit-tui pòo-ang-á lāi-té ū-kóng-ū-tshiò

Káu-á-kiánn tuì「pòo tsò ê káu」uan-uan kuí-á siann

Kā kóng:mài pîn-tuānn tshut-lâi sàn-pōo

Lán lâi khì tsháu-á phiânn tsáu-sio-jiok

Lán lâi khì hue-hn̂g bih-sio-tshuē

Kòo-mn̂g ê káu、pòo tsò ê káu

Tiām-tiām khuànn i

Sè-sè-siann kóng:

Guán mā tsiok siūnn-beh kah lí khì sàn-pōo

台羅拼音版

## 03 ｜ 華語版

走揣心內的聲音

## 作品介紹

因為有純真 ê 目睭、清氣 ê 心靈 kap 心適 ê 觀察，秀枝老師寫 ê 囡仔詩可愛 koh 嬌氣，大人來讀轉青春，囡仔來讀心清明。

──丁鳳珍

袖子善於從生活這塊沃土挖掘清澈的源泉，也因其長期與中小學兒童教學互動，她對周遭事物的觀察與描繪，往往以單純的白描簡單勾勒，而不濃烈的堆疊表現技巧，她的詩語言與思想很自然地呈現出天機童趣，兼具言外之意。

──陳敬介

走揣心內的聲音

## 枯葉

荷花池

一朵朵荷花

一襲襲飛旋的舞裙

這一隅　那一角

隨著音樂流動

陰暗角落的枯葉

雖然枯萎　但不哭泣

默默沈思：榮與枯

生命樂章如何譜曲？

——滿天星 75 期 2013.8

華語版

# 向下開的花

老師說：
美麗的櫻花很謙虛
低頭向下說話
好像面對大家的讚美
客氣地說：
獻醜了！獻醜了！


媽媽說：
美麗的梅花很害羞
低頭向下微笑著
好像面對大家的搶拍
客氣地說：
別拍了！別拍了！


妹妹說：
不對　不對
調皮的花兒　低著頭

走揣心內的聲音

愛跟蜜蜂玩兒

好像說：來呀來呀

來抓我


一旁的風　看不過去

輕輕地推著蜜蜂

輕輕地抓著花粉灑下來

——滿天星 75 期 2013.8

華語版

# 染

天然的

最容易也最困難

小時候

採桑椹　摘葡萄

衣服紅一塊　紫一塊

非常美麗

天然的

最容易也最困難

長大了

學習植物染

洋蔥　福木染劑天然

深怕顏色褪了　不夠美麗

心中

那兒時天真的心地

走揾心內的聲音

是否染了許多社會積習？

——滿天星 75 期 2013.8

華語版

# 等待

阿勃勒的葉子
被一盆盆雨水
打得亂顫
等待
天晴時坐著風噴射機
摸摸彩虹

青蛙潛在一漥水澤　等待
天晴時　躍上岸邊草原
「嘓 嘓 嘓」的天籟
不被雨聲淅瀝掩蓋

等待「等待」長出翅膀
不再等待

——滿天星 69 期 2011.7

走揣心內的聲音

## 校園裡的樹

校園種了很多樹

演出很多默劇

小葉欖仁張開雙手

好像說：歡迎大家光臨

楊柳樹垂下頭來

好像說：客人好！客人好！

椰子樹站得挺直

像士兵守護人民

榕樹摸摸鬍鬚說：

我年紀大了

先瞇眼　休息一下

校園裡的樹

千百姿態

華語版

演出動人的戲劇

——滿天星 85 期 2016.3

走揣心內的聲音

## 樹葉跟雲彩比美

繽紛多彩的雲霞

跟樹葉比美

雲霞五顏六色

樹葉萬紫千紅

兩個都高興地笑了

自以為自己比較美


夜晚黑幕一放

兩個烏漆抹黑　都一樣

——滿天星 85 期 2016.3

華語版

## 雲和夕陽玩遊戲

爬上

日月潭最高的慈恩塔

看　夕陽和雲霧玩遊戲

滿是橘子紅的天空

雲霧飄來籠罩著太陽

太陽火球在雲霧袋子裡翻滾

滾出大袋子　在一旁亮著

又來一次雲霧籠罩

太陽火球又在雲霧袋子裡翻滾

一次又一次

直到

太陽和雲霧都累了

慈恩塔的夜燈

也跟大家道晚安

——滿天星 70 期 2011.11

走揣心內的聲音

## 蟳螂

蟳螂
是個魔術師
牠一出現
就把媽媽變成小孩
哇　哇叫不停

蟳螂是個鬥牛士
牠一閃躲
就把爸爸惹出火來

蟳螂是休止符
啊——

所有尖叫聲就被
打住
所有的緊張
一路散　　　開

　　　　　　　　——滿天星 70 期 2011.11

華語版

## 快樂農場裡抓蝴蝶

又大又寬闊的農場

農場裡
蝴蝶在花叢間飛來飛去
吸吸花蜜　抹抹花粉
快樂農場裡　真快樂

農場裡
巨獸追著蝴蝶昆蟲四處跑
「啪——」
蝴蝶昆蟲住進標本箱
快樂農場裡
真快樂　也真不快樂

——滿天星 70 期 2011.11

走揣心內的聲音

## 冬天裡的紅葉

外面寒風冷呼呼

上完體育課

全身暖烘烘

臉上　燒出一葉葉紅葉

嘴巴一開　飄出一圈圈雲霧


看！紅葉在雲霧裡飛舞



——滿天星 70 期 2011.11

華語版

# 小狗散步

小狗四處散步

看到商店的「看門狗」

站在門邊　一動也不動

有人進去　說：歡迎光臨

有人出來　說：謝謝光臨

小狗對著「看門狗」汪汪幾聲

叫他：找個輪班的

不要一整天都不能玩耍


小狗四處閒逛

看到玻璃櫥窗裡的「布偶狗」

躺在一堆布偶朋友間說說笑笑

小狗對著「布偶狗」汪汪幾聲

叫他：不要懶惰　出來散步

我們去草地上追逐

我們去花園裡捉迷藏

走揣心內的聲音

看門狗、布偶狗

靜靜地看著他

幽幽地說：

我們也想跟你去散步！

──滿天星 70 期 2011.11

華語版

# 04 ｜英語版

英語譯者介紹

**吳迺菲**

自由業譯者,國立政治大學英國語文學系及廣告學系畢,英國倫敦藝術大學切爾西藝術學院碩士畢。

## Autumn Leaves

In a lotus pond,

One after another lotus flower,

One after another twirling skirt,

Dances and flows with music—

Here, and there.

In the shadowy corners, dry leaves,

Though withered, do not weep.

They silently ponder: flourish and decline—

How is the symphony of life composed?

## Bowing Flowers

The teacher said,

Cherry blossoms, so divine,

In humble grace, they incline.

As if in response to people's praise,

Modestly, they utter,

"Oh, this old thing? This old thing?"


Mom said,

Plum blossoms, shy and dear,

With lowered heads and smiles, they steer.

As if in response to people's appreciation,

Timidly, they mumble,

"Stop taking pictures of me. Stop!"


My little sister said,

No, no, don't you see,

Playful flowers, full of glee,

走揣心內的聲音

With heads bowed, playing with bees,

As if saying, "Come on, come on,

Come and catch me!"

The wind could not stand still.

Gently it nudges the bees.

Softly it sprinkles the pollen all around.

英語版

## **Dye**

What is natural

Is the easiest and the most difficult.

In childhood

We picked mulberries; we plucked grapes.

Our clothes—a patchwork of red and purple,

Exquisitely beautiful.

What is natural

Is the easiest and the most difficult.

We grow older

And learn the art of natural dyeing.

Onion skin, bark of Fukugi trees—both natural,

And we fear the colors might fade and lose its beauty.

In our hearts,

走揣心內的聲音

Is the innocence of a child's mind

tainted by ingrained societal norms?

## The Wait

Leaves of Golden Shower Trees,

Rattled and shaken

By pouring rain,

Are waiting—

For a clear day to take a wind jet

To touch the rainbow.

Frogs, lurking in a watery marsh, are waiting—

For a clear day to leap onto the grassy bank.

Their melodious "croak croak croak"

Is not drowned out by the patter of rain.

Waiting for "the wait" to grow its own wings.

No more waiting.

## Campus Trees

On the campus, many trees stand

And perform silent plays.

Terminalia trees open their arms wide,

As if to say, "Welcome, everyone!"

Willow trees bow their heads,

As if to greet, "Hello! Hello!"

Coconut trees stand tall and upright

Like soldiers guarding the people.

The banyan tree strokes its beard and utters,

"I am getting old.

Allow me to shut my eyes for a rest."

Campus trees,

In countless postures, with different expressions,

英語版

Perform their captivating plays.

## The Beauty Rivalry between Leaves and Clouds

Vivid, iridescent clouds

Compete with leaves.

The clouds, colorful;

The leaves, shades of purple and red.

Both laugh with joyful delight,

Declaring they are the fairest in the light.

When the night's curtain falls,

Both enshrouded in darkness, no distinction calls.

## Clouds and Sunset at Play

Climb high

To the tallest Ci En Pagoda by Sun Moon Lake

And watch sunset and clouds at play.

The sky—in hues of reddish orange.

Misty clouds meander and veil the sun.

The sun, a fiery sphere, in the pouch of clouds,

Rolls out from the shroud, casting its radiant grace.

Once again, the clouds softly embrace;

The fiery sphere rolls within the clouds' chase,

Again and again.

Until

Both the sun and the clouds feel drained,

And the night lamp of Ci En Pagoda

Bids everyone goodnight, as the day waned.

走揣心內的聲音

## " Mr. Cockroach "

Mr. Cockroach

Is a magician.

When he appears,

Mom is turned into a child

Wailing "Waah, waah!" in a manner wild.

Mr. Cockroach, a bullfighter,

Hides and evades, out of sight.

Dad's temper flares—a furious fight.

Mr. Cockroach, a symbol of rest.

Ah—

All the screaming

Ceases,

All the tension

Spreads far　　　　and wide.

## Catching Butterflies in the Happy Farm

There is a vast, vast farm.

In the farm,

Butterflies flutter amidst blooming flowers,

Sipping nectar, powdering themselves with pollen.

In the happy farm, mirth does resound.

In the farm,

Giant beasts chase butterflies and bugs.

"Snap—"

Butterflies and bugs in specimen boxes.

In the happy farm,

Mirth and sorrow, both abound.

走揣心內的聲音

## Red Leaves in Winter

Outside, a chilling wind does cry.

After P.E. class,

The body is warm;

The face, aflame like crimson leaves.

As breath escapes, misty rings float and weave.

Look! The red leaves dance in the mist!

## Puppy's Walk

A little pup walks around

And spots a "watchdog" at the store,

Who stands by the door, not making a move.

As people enter, it greets, "Welcome."

As people leave, it says, "Thanks for coming."

The pup barks at the "watchdog,"

Saying, "Find a partner, take your turn,

Don't spend the whole day without a spin."


The little pup roams around

And sees a "stuffed toy dog" in the shop window,

Who hangs out with its stuffed friends, chatting and having fun.

The pup barks at the "toy dog,"

Saying, "Don't be lazy, come out to play.

In meadows, let's frolic and race.

In gardens, let's play hide and seek."

走揣心內的聲音

The watchdog and the toy dog

Look at him without a word.

In a soft voice, they whisper,

"We'd love to join your walk!"

英語版

# 05 ｜日語版

日語譯者介紹

**保坂登志子**

保坂登志子，1937年出生於日本東京。國學院大學中國文學系碩士。譯著：《海流Ⅰ、Ⅱ、Ⅲ日本‧台灣兒童詩對譯選集》《台灣平埔族傳說》、短篇小說集《獵女犯》、《台灣民間故事》。詩集五本，評論集一本。1992年創刊 Kodama《回聲》(世界成人和兒童詩誌) 日本翻譯家協會理事。日本詩人 Club 會員。

走揣心內的聲音

## 枯葉

蓮の池

ひとひらひとひらの蓮の花びらがひるがえり

飛び回りスカートに舞う

その一隅　その一角は

音の流れにしたがって

暗い片隅に落ちた枯葉は

枯れて萎えても　泣いたりはしない

沈思黙考する；栄華盛衰

生命の楽章は何と大曲な楽譜であることか

――刊於《こだま》45 號 2014 秋

日語版

## 下を向いて咲く花

先生は言います

きれいな桜の花はとても謙虚に

頭を下げてお話する　と

まるでみんなにほめられているみたいで

遠慮深く言います

恥ずかしい！恥ずかしい！


ママは言います

きれいな梅の花はとても恥ずかしがり

下を向いて微笑んでいるのだ　と

面と向かってみんながお世辞を言うように

遠慮深いと言う


妹が言います

ちがう　そうじゃないわ

走揣心內的聲音

わんぱくなお花が頭を下げているのは
ミツバチと遊ぶのが好きだからよ
まるで　おいでおいで　私をつかまえに
来てって言ってるみたいだわ
通りすがりの風が　近づいて
ミツバチをそおっと押して見守っている
ハチは花粉を丁寧に掴んでは零している


　　――刊於《こだま》46 號　2015 春

# 染める

天然のものは

最も容易で最も困難だ


小さい頃

桑の実をとり　野ブドウをつみ

服を真っ赤にしたり 紫にしたり

それはとてもきれいだった


天然のものは

最も易しくて最も難しい


大人になって

草木染地を学習した

玉葱　福木の自然植物の染めをしたが

色あせがして満足のいく美しさではなかった

走揣心內的聲音

心中思う

あの頃の純粋な気持ちは

長い間の社会慣習に染まってしまったのか？

　　　　———刊於《こだま》46 號 2015 春

日語版

# 待つ

南蛮さいかちの葉は

器に雨水を受け溜めて

こわれそうでわなわなとふるえ

待っている

空が晴れたら風のジェット機に乗って

虹をつかむのを


蛙は窪地の水たまりで

待っている

晴れたら 岸辺の草原に跳び上がるのを

「クックックッ」と鳴き

しとしと雨におおわれないで


待っている「待っている」のだ　成長して

もう待つことのない時を

――刊於《こだま》47 號 2015 秋

# 校庭の樹

校庭に植わっている沢山の樹は
沢山の無言劇（パントマイム）を演じている
小さな葉をつけたオリーブは両手を広げて
ようこそ皆さんをお待ちしています と言っているようだ

柳の樹は頭を下げて
お客様どうぞいらっしゃいませ と言っているようだ

椰子の樹は真っ直ぐピンと立って
兵士が人民を護っているようだ

ガジュマルは髭をこすりながら
私はずいぶん年を取ってしまった
目を細めて ちょっと休息です と言っているようだ

日語版

校庭の樹は

様々な身振りで

人のしぐさで演劇を演出しています

——刊於《こだま》51 號 2017 秋

走揣心內的聲音

## 樹の葉と雲の美しさ比べ

色とりどりで華やかな雲が

樹の葉と美しさ比べをしました

雲は多彩ないろどり豊かに

樹には無数の花が盛んに咲いています

どちらも嬉しくて笑っていました

自分の方が美しいと思ったからです


夜が黒い帳を下ろしました

両方とも真っ黒で　どちらも全く同じでした



――刊於《こだま》51 號　2017 秋

日語版

走揹心內的聲音

## 雲と夕陽が遊ぶ

登っていった

日月潭で一番高い慈恩塔に

ほら　夕陽と雲が遊んでいる


一面がオレンジ色のまっ赤な空だ

雲がふわりと来て太陽を包むと

太陽火の玉は雲の袋の中で転がり回り

袋から転がり出ると　すぐ明るくなる

またまた雲は太陽を包み

太陽火の玉は雲の袋の中で転がり回り

繰り返している


ずうっとやっていたので

太陽と雲はすっかりくたびれてしまい

慈恩塔の夜灯も

日語版

みんなにおやすみなさいと挨拶する

——刊於《こだま》53 號 2018 秋

走擂心內的聲音

## ゴキブリ

ゴキブリは
魔術師だ
ひとたび現れると
ママはすぐに子どもに変わってしまい
ワア　ワア と叫んで止まらない

ゴキブリは闘牛士だ
ひとたび逃げると
パパをイライラさせる

ゴキブリは休止符だ
ああー

すべて鋭い叫び声で
叩かれ

日語版

いっさいの緊張は

砕かれて　元に戻る

──刊於《こだま》53 號　2018 秋

走揣心內的聲音

## 楽しい農場で蝶を抓む

どこまでも広い農場

この農場の中で
蝶は花の中を飛びまわっている
花の蜜を吸い 花粉を拭いて
楽しい農場の中で 本当に幸せだ

大きなケダモノが蝶や昆虫を追いかけ回し
「パッー」
蝶や昆虫を標本箱に入れ
農場で楽しんでいる
本当に楽しくもあり　楽しくもなしだ

――刊於《こだま》53 號 2018 秋

日語版

## 冬の紅葉

外は寒風がヒューヒュー冷たい

体育の授業が終わり

全身火のようにぽかぽか暖かい

顔面が燃えて紅葉の葉っぱだ

口を開いたら ひらり飛びだし雲を一巡り


ほら！　紅葉が雲の中で踊ってるよ




——刊於《こだま》53 號 2018 秋

走揣心內的聲音

## 小犬の散歩

小犬があちこち散歩して

商店の「門番の犬」を見た

門に立ってじっと動かず言う

人が入ると「いらっしゃいませ」

人が出て行くと「ありがとうございました」

小犬は「門番の犬」にワンワンと呼びかけ

言った：当番交替のときにも

一日遊ばないなんていけないよ


小犬はあちこちぶらぶら遊び

ガラス窓の中の「ぬいぐるみ」を見た

寝転がったぬいぐるみは友だちとしゃべったり笑ったりしている

小犬は「ぬいぐるみ」に向かってワンワンと呼びかけ

言った：散歩を怠けないで

ぼくらは草原で追い駆けつこ

日語版

ぼくらは花園でかくれんぼをするよ


門番の犬と ぬいぐるみの犬は
おだやかに小犬を見て
そっと言った：
ぼくらも君と散歩したいよ！

——刊於《こだま》53號 2018 秋

# 06 ｜ 韓語版

## 韓語譯者介紹

**金尚浩**

韓國首爾人,國立中山大學中國文學博士。曾任修平科技大學應用中文系副教授,現任該校觀光與創意學院教授兼院長、台灣現代詩人協會理事長、趙明河義士研究會會長等職。論著有《中國早期三大新詩人研究》、《戰後台灣現代詩研究論集》等。翻譯有《半島的疼痛:金光林詩選100》、《文德守詩選》、《台灣文學史綱》、《台灣新文學運動40》等20多種。

台灣現代詩人協會自十多年前開始跟韓國詩人的詩歌交流,金教授無酬擔任翻譯、聯絡與籌備工作、現場主持及即時口譯,熱心推動文學文化推廣工作。

走 揣心內的聲音

## 가랑잎

꽃 못

한 송이 연꽃

휘날리며 춤추는 치마

이 구석 저 구석

음악의 선율에 따라 움직이는


음침한 구석의 가랑잎

시들어도 울지 않고

묵묵히 깊게 생각하는 영광과 시듦

생명의 악장은 어떻게 작곡하지 ?

韓語版

# 아래로 피는 꽃

선생님이 말했다.
아름다운 벚꽃은 아주 겸손하단다
고개를 숙이고 아래를 향해 말하지
마치 모두를 칭찬해 주시는 것 같이
정중하게 말한단다
겸손한 자태! 겸손한 자태!

엄마가 말했다.
아름다운 매화는 수줍음이 많단다
고개를 숙이고 아래쪽으로 미소를 지으며
마치 모두에게 스냅 사진을 찍는 것처럼
정중하게 말한단다
찍지 마세요! 찍지 마세요!

여동생이 말했다
아니야, 아니야

장난꾸러기 꽃이 고개를 숙이고

꿀벌과 놀기를 좋아해서

마치 어서 오라고 하는 것처럼

날 잡아봐라


한 쪽의 바람이 보고만 있을 수 없어

살며시 꿀벌을 밀고

살짝 꽃가루를 움켜쥐고 뿌렸다

韓語版

# 염 색

천연적인 게

가장 쉬우면서도 가장 어렵다


어린 시절

뽕나무와 포도를 따다

옷을 빨갛고 자색으로 물들였더니

너무 아름다웠지만


천연적인 게

가장 쉬우면서도 가장 어렵다


장성해서

식물 염색을 배웠다

양파 후쿠기 염색제 천연

색이 바래거나 아름답지 않을까 봐 몹시 두려웠다

走揣心內的聲音

지금 심정도

그때의 순진한 마음이지만

어째 많은 사회적 관습에 물들지나 않았는지?

韓語版

# 기다림

아블레의 잎사귀가

빗물 한 사발을 맞으며

어지러이 떨면서

맑은 날씨의 바람 분사기에 앉아

무지개를 만지작거리려고

기다리고 있다

개구리가 한 뼘의 물기슭에 잠겨 기다리다가

날이 개자 기슭의 초원으로 뛰어올랐다

'개골 개골 개골' 자연의 소리

주룩주룩 빗소리에 파묻히지 않았다

기다림 '기다림에' 날개가 돋기를

더는 기다리지 않아

走揣心內的聲音

## 교정의 나무

교정에 많은 나무를 심어

많은 드라마를 연출했다

꼬마잎 올리브 열매가 두 손 벌려

"어서 오세요."라고 말하는 것 같다

수양버들이 머리를 늘어뜨리고

"손님들 안녕하세요."하는 것 같다

야자수가 꼿꼿이 서 있는 게

군인이 국민을 지키는 것 같다

용수(榕樹)가 수염을 쓰다듬으며 말했다

나는 나이가 많아

먼저 눈을 가늘게 뜨고 쉬겠어

교정의 나무들이

韓語版

갖가지의 자태로

감동적인 드라마를 연출하고 있었다

走揣心內的聲音

## 자기가 더 예쁘다는 나뭇잎과 구름

찬란하고 다채로운 꽃구름이

나뭇잎과 아름다움을 다투고 있었다

꽃구름은 가지각색이다

나뭇잎은 울긋불긋하다

둘 다 신나서 웃으며

자신이 더 아름답다고 생각한다


밤의 어둠이 깔리니

둘 다 새까맣고 똑같은 걸 가지고

韓語版

## 구름과 석양의 장난

일월담에서 가장 높은 자은탑에

한 계단씩 기어오르자

석양과 구름과 안개가 장난치고 있는 게 보였다

귤빛으로 붉게 물든 하늘

구름과 안개가 다가와 태양을 뒤덮자

태양 불덩이가 구름과 안개 자루 속으로 굴러들어가

큰 자루를 굴리더니 한켠에서 밝게 빛을 내고 있었다

또 한차례의 자욱한 구름과 안개

태양 불덩이가 다시 구름과 안개 자루 속으로 굴러들어갔다

한 번 또 한 번

마침내

해와 구름과 안개가 모두 지치자

자은탑의 저녁 등불이

모두에게 굿나잇 인사를 했다

走揣心內的聲音

## 바퀴벌레

바퀴벌레는

마술사예요

그게 나타나면

엄마는 어린애가 돼

놀라 소리를 질러요

바퀴벌레는 투우사예요

그게 휙 몸을 피하면

아빠가 화를 내요

바퀴벌레는 쉼표예요

아 -

모든 비명소리에도

잡았다 하면

모든 긴장감은

韓語版

언제 그랬냐는 듯 확 사라져요

## 해피 농장에서 나비 잡기

크고 넓은 농장

농장에서
나비가 꽃밭 사이를 이리저리 날아다니고 있다
꿀을 빨고 꽃가루를 바르고
해피 농장은 정말 신난다

농장에서
큰 짐승이 나비 곤충을 쫓아 사방으로 뛰어다닌다
'퍽 – – –'
나비곤충이 표본함에 들어갔다
해피 농장은
즐겁기도 하고 안 즐겁기도 하다

韓語版

## 겨울의 단풍

밖의 찬바람은 쌀쌀했다

체육 수업을 마치고

온몸을 따뜻하게

얼굴엔 붉은 단풍이 타오르고

입을 열자 동그랗게 구름 안개가 피어올랐다


봐! 단풍잎이 구름 안갯속에서 춤추며 날고 있잖아

## 강아지 산책

강아지가 이리저리 산책하다가
가게의 '문지기 개'를 보더니
문 옆에 서서는 아예 움직이지 않았다
누군가 들어가자 "어서 오세요."라고 말하고
누군가 나오자 "안녕히 가세요."라고 말했다
강아지가 '문지기 개'를 향해 몇 번 멍멍멍 소리를 내더니
그를 불러 : 근무 교대 개를 찾아봐라
하루 종일 놀지도 못하지 말고

강아지가 이리저리 한가로이 거닐다가
유리 진열장에 있는 '인형 강아지'를 보니
한 무리의 인형 친구들 사이에 누워서 담소하고 있었다
강아지가 '인형 개'를 향해 몇 번 멍멍멍 소리를 냈다.
게으름 피우지 말고 산책하러 나오라고
우리 풀밭에서 쫓기 놀이하자
우리 화원에서 술레잡기 하자

韓語版

문지기 개, 인형 강아지를

가만히 바라보며

나지막이 말하고 있었다

國家圖書館出版品預行編目 (CIP) 資料

走揣心內的聲音：陳秀枝台華英日韓五語童詩選 / 陳秀枝（袖子）作. -- 初版. -- 新北市：讀冊文化事業有限公司, 2024.07
　面；　公分

ISBN 978-626-95752-5-1( 平裝 )

863.598　　113010986

## 走揣心內的聲音
### 陳秀枝台華英日韓五語童詩選

作　　　者｜陳秀枝（袖子）
插 圖 繪 者｜張明玥
內 封 插 畫｜李桂媚
發 　行 　人｜陳柏夙
總　編　輯｜陳敬介
排 版 設 計｜周雅萱
出　　　版｜讀冊文化事業有限公司
地　　　址｜新北市新店區安和路三段 25 號 5 樓
電　　　話｜0955612109
E - m a i l｜ccchen5@pu.edu.tw
出 版 日 期｜2024 年 7 月初版

I S B N｜978-626-95752-5-1　（平裝）
定　　　價｜NT$250

總 經 銷｜紅螞蟻圖書有限公司
地　　　址｜114 台北市內湖區舊宗路二段 121 巷 19 號
電　　　話｜02-27953656

版權所有　翻印必究
（本書如有缺頁或破損，請寄回更換）